Les _flammes_
_de la_ _réconciliation_
Le clan des _Terroi_

**Catalogage avant publication de Bibliothèque
et Archives nationales du Québec
et Bibliothèque et Archives Canada**

Ross, Janine

Les flammes de la réconciliation : le clan des Terroi

(Fantastiquement écolo)

Pour les jeunes de 9 ans et plus.

ISBN 978-2-923382-26-5

I. Ross-Phaneuf, Éveline, 1981-   . II. Titre. III. Collection.

PS8635.O692F52 2008   jC843'.6   C2008-940661-3
PS9635.O692F52 2008

Bertrand Dumont éditeur inc.
C.P. n° 62, Boucherville
(Québec) J4B 5E6
Tél. : (450) 645-1985
Téléc. : (450) 645-1912
(*www.dumont-editeur.com*)
(*www.petitejuju.com*)

Éditeur : Bertrand Dumont

Révision : Raymond Deland

Conception de la mise en pages :
  Norman Dupuis

Infographie : Horti Média

L'éditeur remercie :

• la Société de développement des
  entreprises culturelles (SODEC) du
  Québec pour son programme d'aide à
  l'édition et à la promotion.

• Gouvernement du Québec –
  Programme de crédit d'impôt pour
  l'édition de livres – gestion SODEC.

Société
de développement
des entreprises
culturelles
Québec 🎗️🎗️

Imprimé au Canada sur papier 100 %
recyclé

Recyclé
Contribue à l'utilisation responsable
des ressources forestières
www.fsc.org Cert no. SGS-COC-003153
© 1996 Forest Stewardship Council

© Bertrand Dumont éditeur inc., 2008

Dépôt légal – Bibliothèque et Archives
nationales du Québec, 2008

Bibliothèque et Archives Canada, 2008

ISBN 978-2-923382-26-5

FANTASTIQUEMENT ÉCOLO

Les *flammes*
de la réconciliation
Le clan des *Terroi*

Janine Ross
Illustrations
Éveline Ross-Phaneuf

Bertrand
Dumont
éditeur

*Dès que tu auras lu les premières pages
de ce livre, tu seras engagé
dans une aventure sans fin.*

CHAPITRE 1

La colère du géant

Aux premières lueurs du jour, alors que le vieux Mathurin Terroi entend le chant du coq, les cadres sur les murs de sa petite maison se mettent à vibrer. La verrerie s'entrechoque. L'homme n'a pas le temps de sortir de son lit qui, dans un mouvement sec, ballotte de gauche à droite.

Les portes des armoires et de la penderie s'ouvrent et se referment. Non, il n'y a pas de fantôme. Mais Mathurin sait ce qui se passe. Le géant Québec vient d'entrer dans une colère comme il en fait plusieurs fois chaque année. Les géants comme Québec, soumis aux pressions des profondeurs de la Terre et aux agressions des hommes, finissent toujours par s'énerver.

Le Saguenay est un coin de pays où le géant Québec se permet, plus qu'ailleurs, d'exprimer ses états d'âme. Quand le géant tremble, il tremble plus fort qu'à Montréal ou en Gaspésie. Les savants avancent des arguments scientifiques, mais Mathurin comprend que le géant

est en colère quand il secoue son immense corps étendu à la grandeur de la province. Ce n'est pas sans raison qu'il agite violemment ses montagnes, ses plaines, ses arbres et ses rivières et, bien sûr, toutes les constructions humaines qui poussent sur lui.

Le vieil homme enfile sa veste et se précipite à l'extérieur. Il s'assoit sur la dernière marche de l'escalier de sa véranda et tend sa main noueuse pour caresser son vieux confident.

– Que t'arrive-t-il mon ami? Pourquoi ces énervements?

La voix du géant qui vient de la terre passe par un formidable soupir.

– J'en ai assez. Je suis à bout de nerfs. Partout sur moi, on dynamite, on creuse, on déverse du béton. Je deviens incapable de regarder le ciel. Ce matin, je voulais voir le soleil se lever dans les grandes villes, mais je n'ai pas pu ouvrir mes yeux. De grandes parties de moi sont dans la noirceur, bétonnées, comme si on m'avait enfermé dans du plâtre. C'est un corset que je ne peux plus supporter certains jours. Ce n'est pas ma nature. Je suis fait pour m'amuser à créer des arbres, des fruits, des fleurs. Je veux vivre en harmonie avec les humains. Je veux voir se bercer les oiseaux aquatiques au gré du vent qui fait onduler mes ruisseaux, mes lacs, mes rivières et mon fleuve ! Aujourd'hui la rage me gagne.

– Jamais, je ne t'ai vu de si mauvaise humeur, constate Mathurin. Pourtant, il te reste encore de grands espaces et des endroits où, malgré les villes, les humains aménagent des fenêtres de verdure. Ils le font de plus en plus. Ils recommencent à comprendre qui tu es. Sois patient. Les jeunes sont en train de se réveiller. Ils vont te redonner plus de place pour que tu puisses voir ton Soleil, pour que tu puisses jouer avec tes nuages.

– Je vais te répéter ce que je t'ai dit des milliers de fois, rétorque le gigantesque personnage. Quand les grands animaux préhistoriques ont disparu de ma surface, j'ai bien vu des petits humains se multiplier, des créatures de ta race et d'autres aussi. Je leur ai offert des refuges, je les ai nourris. J'ai alimenté les animaux, les oiseaux et les poissons avec toutes sortes de plantes que j'inventais pour que tous puissent survivre. Ça me plaisait, j'étais heureux.

Aujourd'hui, je n'ai droit qu'à du mépris. On me dédaigne, on me pèle, on me perfore. Je n'ai plus assez de place pour m'amuser à créer. Nombreux sont ceux qui se plaisent à tout détériorer : mon eau, mon sol, mes forêts, même l'air !

C'est vrai se dit Mathurin, depuis des millions d'années, le géant purifie l'eau qui coule sur lui. En la laissant s'infiltrer dans le sable et les roches, il la nettoie de toutes sortes d'impuretés. Toutes les créatures s'y désaltèrent.

– Je le fais pour que tous les êtres vivants viennent me saluer. Pour faire la fête avec eux. Ils ont tous besoin de mon eau. Pourtant, on me remercie rarement.

Le géant aux mille visages laisse déferler une fois de plus sa colère.

– Tantôt, j'ai voulu secouer tous ces humains, comme pour me débarrasser des poux. Ils m'assaillent continuellement. Tout ce que j'ai bâti depuis des milliers d'années est en train de se briser. Leurs gratte-ciel sous lesquels je croupis, s'ils savaient comme il me serait facile de les faire s'effondrer, juste en me déplaçant un tout petit peu.

– Je comprends ta colère, lui répond l'aïeul. Toutefois, semer la destruction te priverait de moi, de Robin, d'Éoline, de Jonas, d'Ariane et de tous ceux qui comme nous veulent travailler avec toi et te sont reconnaissants.

– Les autres ne méritent que ma colère, hurle alors le géant. Je les nourris et ils ne s'en rendent pas compte. Ils se détruisent eux-mêmes et ils ne le réalisent même pas. Pourquoi sont-ils sourds, aveugles et insensibles à ma nature qui est de donner? Pourquoi?

– Écoute-moi, dit le vieux. Je vais de ce pas à mon ordinateur pour contacter Robin et les trois autres. Je les invite au Saguenay. Ensemble, on pourra voir comment les jeunes entendent s'y prendre pour t'aider. J'espère qu'ainsi, tu pourras te détendre un peu et éviter de tout démolir sur toi!

CHAPITRE 2

Les jeunes appelés en renfort

De sa maisonnette, l'arrière-grand-père Mathurin lance son invitation urgente aux jeunes Terroi. En quelques clics, elle est acheminée par le cyberespace.

– Notre ami Québec éprouve de plus en plus de difficulté. On déverse sans cesse des cochonneries dans ses eaux. Son air est rempli de gaz dangereux. Sa terre est saupoudrée de produits toxiques. On le dépouille toujours davantage de ses arbres. On les abat souvent sans discernement. Son moral commence à être sérieusement miné. Ce matin, il a perdu patience et a fait trembler tout le pays. Vous l'avez sans doute ressenti.

Voilà pourquoi j'ai hâte de savoir où en sont rendues les missions que je vous ai confiées pour aider la nature du géant.

Robin, ta mission de protection des arbres et de la forêt, le reboisement, ça avance ? Je sais que tu prends ton rôle très au sérieux.

Et toi, Ariane avec tes amies, as-tu fait pousser tes laitues et tes épinards d'automne? Combien de potagers de plus y a-t-il dans ta banlieue? Créer la nourriture à partir d'une toute petite semence, c'est l'école de la nature! Ton amour de la terre, c'est le secret pour réussir. C'est avec cette clé qu'on nourrit les humains.

Cher Jonas, je craignais de t'avoir donné un trop gros défi. Nettoyer les eaux polluées du grand fleuve, des rivières, des ruisseaux,

des nappes d'eau souterraine du géant, ce n'est pas une mince tâche! Pour réveiller les adultes aux dommages qu'ils font subir à l'eau par leurs déversements de produits polluants, tu es un as!

Éoline, toute petite, tu arrives à convaincre tes amis et même tes parents de débarrasser ta cour de l'asphalte... Ton combat pour purifier l'air et le vent... hum... c'est un véritable travail de Titan.

Je vous attends tous le plus tôt possible pour parler de vos réalisations... mais surtout de vos projets. Venez me rejoindre, car le temps presse... Je vous ferai part d'autres secrets concernant notre famille. À très bientôt.

Il n'y a pas longtemps, Mathurin a dévoilé aux jeunes Terroi l'existence du «Pacte de l'abondance» et de la promesse faite au géant aux mille visages. En effet, les ancêtres des Terroi ont juré de toujours le protéger contre les assauts de la pollution et du développement fou. En remerciement, le géant Québec a promis nourriture, eau et air pur aux Terroi et à tous ceux qui choisissent d'adhérer à cette entente.

Les quatre missions sont exigeantes, pense Mathurin. Les tâches sont immenses, mais avec leurs amis, le clan des Terroi va faire avancer les choses. D'ailleurs, qu'en est-il de la «Confrérie du Pacte de l'abondance»? Sont-ils nombreux leurs amis, à s'être lancés dans l'aventure du sauvetage du géant Québec?

Pendant que le vieil homme réfléchit à tout ça, la colère du géant commence à s'apaiser.

– Revoir les jeunes ici me réjouit. Loin du bruit et du vacarme des camions, des avions, et de tout ce qui a des roues et un moteur, nous arriverons peut-être à trouver d'autres façons de réparer les dégâts causés à ma nature. Enfin, je l'espère, se dit le géant.

– Les humains finiront bien par comprendre que je suis heureux de partager toutes mes richesses avec eux, se dit-il. Mais, j'ai des limites. Si on me salit plus vite que les capacités que j'ai de me nettoyer, il n'y aura plus d'eau à boire pour eux, plus d'air à respirer, et ma peau, cette terre sur laquelle ils cultivent tous les légumes avec des produits qui m'intoxiquent, produira de moins en moins, parce que tout ça finit par m'épuiser.

CHAPITRE 3

Les retrouvailles

Les quatre jeunes reçoivent les uns après les autres le courriel de Mathurin.

– Il faut le rejoindre au plus vite, concluent-ils.

En un temps, trois mouvements, les transports s'organisent. Éoline quitte sa grande ville en autobus. Sa cousine Ariane qui vit dans la banlieue la rejoint au terminus.

De leur côté, Robin, de L'Ancienne-Lorette, et Jonas, qui part du Bas du Fleuve, se donnent rendez-vous dans la ville de Québec où ils retrouvent les deux filles. Tous ensemble, ils embarquent à bord du car qui les mène directement à Saguenay. À leur arrivée, un voisin de Mathurin vient cueillir la joyeuse bande.

De la maison, Mathurin va à leur rencontre. Il a à la main sa canne magique qui ne le quitte jamais. Elle permet aux Terroi qui ont toujours respecté le « Pacte de l'abondance » d'écouter et de parler avec le géant.

Le vieil homme embrasse chacun de ses quatre arrière-petits-enfants. Il leur fait un immense sourire, incapable de prononcer aucun mot, tellement il est heureux de les revoir.

Impatient, le géant prend les devants et invite lui-même les jeunes à s'asseoir sous le grand arbre des rencontres. Pour la première fois, ce n'est pas Mathurin qui parle. Le vieil homme accepte de bonne grâce que son fidèle ami exprime aux enfants ce qu'il veut leur dire.

– Avec sa canne, le vieux Mathurin vous a transmis le pouvoir de m'entendre et de me parler. Vous en êtes dignes. Depuis ce temps, vous n'avez pas cessé de m'aider. Je vous en remercie. Il y a bien longtemps que des jeunes m'ont accordé autant d'attention et de soin, lance alors le géant. Chaque jour, je trouve des moyens de vous exprimer ma reconnaissance pour votre générosité. Vous m'aidez à survivre, vous me défendez. Je m'efforce tant bien que mal de vous offrir des récoltes, de l'eau pure, de l'air moins pollué.

Toutefois, ma tristesse est grande. Je pleure chaque jour la mort de nombreux vieux amis de parcours. Mes arbres, vous savez, je les fréquente depuis parfois trois cents ans. Ensemble, nous abritons les oiseaux et beaucoup d'animaux. Ils sont des parasols qui nous empêchent de cuire au soleil et ils rafraîchissent et purifient l'air. Ils luttent contre les inondations. Pourtant, le combat entre les humains et mes arbres est colossal. On en abat toujours plus sans se soucier d'en replanter autant.

Robin réalise soudain que les arbres peuvent être tellement vieux qu'il est incapable d'imaginer le début de leur existence. Il demande alors au géant aux mille visages:

– Toi aussi, tu es vieux. Combien d'années astu?

CHAPITRE 4

La naissance du géant

Avec son grand sourire, le géant s'apprête à répondre. Il trouve la question amusante.

– Mon âge ? Elle est très longue mon histoire. Peut-être que ça n'intéresse pas Jonas, Éoline et Ariane.

La plus jeune insiste.

– J'aime ça les histoires, surtout quand c'est un géant qui les conte. Aujourd'hui, je suis trop fatiguée pour lire. Raconte, s'il te plaît. Je t'en supplie !

– D'accord, réplique le géant. Allez chercher un gros oreiller pour Mathurin avant qu'il se mette à ronfler. Ça fait près de quatre-vingt-dix ans qu'il connaît mes histoires. Ça l'endort toujours un peu.

– Ah ! Cher géant, lui répond le vieil homme, j'écouterais le récit de ta vie encore et encore. Tu le sais bien ! Mais ton idée d'oreiller est loin d'être bête.

Jonas s'élance vers la demeure de Mathurin et, en courant à pleines jambes, rapporte le coussin le plus confortable. Il revient aussi vite qu'une fusée, car il ne veut rien manquer du récit.

– Le Soleil est mon père et la Terre, ma mère. Je suis né dans un tourbillon de poussière et de gaz brûlant. J'ai quatre milliards et demi d'années de vie. Ça en fait des chandelles sur un gâteau !

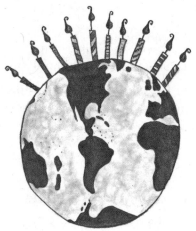

Éoline fouille dans son esprit pour comprendre comment le géant a pu être poussière et gaz, alors qu'elle saute sur lui comme une sauterelle et que ses minuscules pieds atterrissent sur un sol dur comme le roc.

– S'il faisait si chaud, comment, s'interroge Jonas, l'eau est-elle apparue sur Terre?

– Sur du gaz et de la poussière, on ne peut pas planter des forêts? géant, tu nous racontes des folies! s'exclame Robin.

– Il n'y avait rien à cultiver et rien à manger? Ma mission de prendre soin de la Terre aurait été bien ennuyante, remarque Ariane.

Le géant poursuit son récit:

– Attendez les jeunes. Pour moi, c'était comme si j'étais né dans la ouate, c'était normal! Je n'étais pas seul. Nous sommes six frères et sœurs. Vous les appelez les six continents. Nous sommes devenus solides quand la croûte terrestre s'est mise à refroidir. Depuis, nous flottons sur de la roche chaude et visqueuse qui se trouve en dessous de nous. Dans les profondeurs de la Terre, il y a le cœur brûlant de notre mère qui nous réchauffe: une puissante fournaise! Nous les géants, nous sommes des bateaux flottant à la surface de la Terre. Je joue avec la lave qui vient des entrailles de la Terre. Parfois par les volcans. Comme les autres géants, je crée des montagnes et je modifie mon corps.

– De la vraie pâte à modeler ! s'émerveille Éoline.

– Oui, mais le plus spectaculaire, c'est lorsqu'on joue au football entre géants. Quand on entre en collision, on crée d'énormes et fabuleuses chaînes de montagnes.

– C'est ça, les tremblements de terre. Coquin de géant, lance Jonas.

– Pas seulement ça. Quand je me mets en colère aussi, rétorque Québec.

Savez-vous comment je suis devenu receveur pour le premier club de baseball de la planète ? interroge fièrement le gigantesque personnage. À force de jouer avec des météorites et des comètes, je suis devenu une grande vedette. D'immenses balles de neige et de glace venues du cosmos n'arrêtaient pas de nous bombarder. Je les attrapais pour les faire fondre. Je n'en ratais pas une. J'ai tellement attrapé de comètes que j'ai rempli des océans d'eau.

– Es-tu sûr que tu ne te vantes pas un peu ? lance Robin.

– Crois-moi, crois-moi pas, je me suis retrouvé au fond d'un océan. Là, j'ai assisté à la naissance des premières algues bleues. Parce qu'elles fabriquaient des bulles d'oxygène, la vie dans les océans a commencé à se multiplier. Les poissons de toutes sortes, de toutes les formes, de toutes les couleurs : beaux, microscopiques, énormes, phosphorescents, ont peuplé les eaux. C'était un formidable spectacle. Ensuite, les premiers végétaux sont sortis de l'eau pour couvrir les géants comme moi de mousses et de fougères. Des poissons sont devenus des reptiles. Ils couraient partout : ça chatouillait. Ça n'arrêtait plus ! Plus tard, des arbres, des fleurs, des dinosaures, des animaux, des oiseaux se sont mis à se multiplier. C'était un vrai tourbillon !

Un jour, il y a environ 65 millions d'années, autant dire que c'était hier, les premiers mammifères se sont mis à se promener partout. Puis, des humains ont commencé à parcourir le territoire des géants. Au début, ils étaient amusants, mais ils sont devenus si voraces ! Maintenant, ils dégradent tout sur leur passage.

Soudain, un ronflement vient interrompre le récit. Non ce n'est pas le train qui approche, c'est Mathurin qui s'est endormi profondément. Le géant s'attendrit.

– Qu'est-ce que je vous disais ? Mon vieil ami finit toujours par dormir lors de nos longues conversations. Je suis habitué.

Le soleil commence à descendre vers la ligne d'horizon et les jeunes réveillent Mathurin.

– On a faim nous. On va dévorer des céréales et des confitures. À moins que tu n'aies mieux à nous proposer ?

Se levant péniblement, Mathurin reprend ses esprits.

– Ce soir nous mangerons légèrement, mais demain, on fera un festin. C'est promis.

S'adressant au géant Québec, il ajoute :

– Tu me fais toujours le même coup. Tu continues de parler alors que je dors. Je rate toujours la fin. Peut-être que la prochaine fois, tu me secoueras un peu pour me tenir en éveil, comme tu l'as fait ce matin !

CHAPITRE 5

Le départ d'Azélie

Le repas terminé, Mathurin annonce au clan des Terrroi que demain, ils iront tous dans la forêt pour préparer le festin du soir.

– Vous garderez les yeux grands ouverts, les oreilles en alerte pour parfaire vos connaissances de la nature du géant. Vous humerez les odeurs des fruits sauvages. Vous sentirez les effluves des feuilles mortes qui se compostent naturellement au sol. Vous respirerez l'odeur des champignons qui se régalent du terreau que les végétaux en décomposition préparent pour eux.

Votre expédition va consister à en connaître encore plus sur le géant. Vous serez ensuite à même d'assurer plus adéquatement sa protection. Azélie vous a montré beaucoup de choses sur la nature du géant. Il faut faire maintenant vos propres expériences.

Quand Mathurin a prononcé le nom d'Azélie, tous les jeunes ont levé les yeux vers une photographie d'elle.

– Qu'est-il arrivé à Azélie? demande Ariane.

– Elle est retournée pour un temps, dans le Grand Nord québécois, là où elle est née, pour aider ses frères de sang. Ça fait un an déjà, répond Mathurin.

Éoline demande à son arrière-grand-père s'il s'ennuie de sa compagne.

– Non, parce que je sais qu'elle reviendra. C'était entendu depuis toujours. Elle devait retourner transmettre sa sagesse aux siens. Ils n'ont pas manqué de venir la chercher ici pour la ramener là où la banquise est en train de fondre. Pour son peuple, c'est un drame. Lui qui vit de pêche et de chasse, il ne peut plus rejoindre son gibier. Les ours, les phoques, les caribous sont en danger. Il n'y a plus de glace suffisamment épaisse à plusieurs endroits pour supporter leur poids.

Les routes que le géant a établies pour eux depuis des millénaires sont en train d'être détruites. C'est à cause des gaz qui proviennent

des automobiles et des grosses industries, pourtant bien loin des glaces polaires. Tout ça en raison des changements climatiques dont on parle maintenant beaucoup.

Azélie savait qu'une telle catastrophe était inévitable. À moins que les habitants de la planète ne reviennent à un plus grand respect de l'air, de l'eau, de la terre et de la forêt, d'autres drames se préparent.

Votre arrière-grand-mère est la seule qui, comme nous Terroi, peut parler avec le géant aux mille visages. Elle connaît tout de sa nature.

Jonas veut savoir comment s'est passé le départ. Mathurin regarde la photo sur laquelle Azélie est entourée de ses quatre arrière-petits-enfants. Il prend une grande respiration et retrouve dans son for intérieur, tous les détails.

– Un matin d'hiver, des gens de son peuple sont venus la chercher, raconte-t-il. Elle a préparé ce dont elle aurait besoin pour le long voyage du Saguenay vers le Grand Nord. Quand tout fut prêt, les jeunes hommes et femmes qui allaient l'accompagner tout au long du voyage l'ont revêtue d'une grande cape de fourrure blanche. Un capuchon la protégerait du vent glacial. Ils lui ont fait cadeau de mitaines et de bottes en peau de phoque. Ils l'ont aidée à s'installer dans le traîneau. Des chiens, au pelage blanc comme la neige, attendaient le signal du départ. C'est alors qu'Azélie m'a dit : « *Je vais aider les miens. Ils ont besoin de ma longue expérience de la nature et de mes connaissances du géant Québec. Je ne peux pas leur refuser ça. Le jour où je l'ai quittée pour venir vivre avec toi, ma communauté l'a accepté, sachant qu'un jour je reviendrais transmettre les secrets que le géant m'a livrés tout au long des années. Ne t'en fais pas, je vais revenir. Pendant ce temps, toi, guide nos chers arrière-petits-enfants. Montre-leur comment mener à bien leurs importantes missions de redonner au géant sa santé.* »

Ensuite, les chiens se sont mis en marche. Dans le silence de l'hiver, je n'ai plus entendu que le frottement des patins du traîneau sur la neige. Puis, je les ai perdus de vue. Il ne restait de leur passage qu'un nuage à l'horizon, comme de la poudrerie.

Mathurin se tait. Ariane se lève et s'approche de la grande armoire dans laquelle Azélie conservait ses albums de photos. Elle demande si elle peut ouvrir ces cachettes aux souvenirs.

CHAPITRE 6

L'armoire aux albums

Il y a bien longtemps que les jeunes n'ont pas ouvert l'armoire. Le vieil homme regarde attentivement Ariane déverrouiller la porte grinçante. Aussitôt la couverture du premier album entrouverte, quelle n'est pas sa surprise de voir les photographies prendre vie et s'animer. Ébahie, Ariane appelle les autres pour faire part de sa découverte. Tous se précipitent. Ils voient les photos d'Azélie comme si elle était avec eux.

– Comment est-ce possible ? demande Jonas.

– Azélie savait qu'un jour ou l'autre, vous quatre seriez mis à contribution pour poursuivre la mission de sauvegarde du géant, indique Mathurin. En partant l'an dernier, elle a fait le souhait que la canne magique anime toutes les photographies de notre lignée au moins une fois, pour vous faire une surprise.

Les jeunes n'en reviennent pas. Les reliures en cuir sont étalées sur le tapis. Chacun tente de retrouver des photos qui le représentent.

– Azélie voulait nous surprendre et elle a réussi, dit Robin.

Éoline est bouche bée.

– Dans la famille des Terroi, il y a de la magie, mais des albums de photos animées, ça, j'aime ça. Regardez, dit-elle, c'est moi, quand j'étais bébé, dans une bulle de savon.

Jonas s'esclaffe.

– Azélie t'avait rattrapée juste à temps. Tu étais en train de t'envoler, rappelle Robin en croulant de rire.

Aussitôt, les jeunes entendent la petite voix d'Azélie qui leur parle à partir de l'album.

– Tu étais plus légère que l'air, dans ta bulle miniature. Le géant m'a suggéré que ta mission auprès de lui concernerait l'air.

Entendre Azélie, dont ils s'ennuient, jette une certaine tristesse dans l'atmosphère. Mais l'attrait des albums prend le dessus et la fouille aux photos reprend frénétiquement.

Jonas en repère une sur laquelle il se voit. Ses pieds sont palmés ! Azélie rit.

– Toujours attiré par le ruisseau, mon petit Jonas, pour jouer avec les poissons. Il fallait toujours t'avoir à l'œil. Tu te souviens de l'écrevisse qui t'avait fait une pincette ? Que de larmes, j'ai bien cru que le ruisseau déborderait. Pourtant, le lendemain, tu retournais t'amuser dans l'eau. Tu y passais tes journées, ajoute-t-elle.

Les arrière-grands-parents savaient que Jonas serait le futur défenseur des eaux du géant. Ça ne pouvait pas être autrement.

– Toi Robin, tu grimpais tout le temps aux arbres. Tu voulais cueillir toutes les noix, rappelle l'arrière-mamie. Avec toi, les champignons disparaissaient aussi vite qu'ils étaient apparus. Tu vidais les réserves du géant. Tu en faisais tellement manger aux autres qu'ils en avaient mal au ventre.

Tout le monde rigole. Le géant, Mathurin et Azélie avaient dû se rendre à l'évidence : sa mission à lui, ce serait de préserver les forêts.

– Quant à toi, Ariane, se rappelle Mathurin, tu suivais ton arrière-grand-mère dans le potager et partout où elle allait. Au temps des récoltes, tu étais là, sur la pointe des pieds à espionner chaque geste d'Azélie. Tu ne la lâchais pas d'une semelle. Te souviens-tu, Azélie, le jour où tu lui as fait découvrir la mine aux chauves-souris, ajoute Mathurin ?

Il a à peine le temps de compléter sa phrase que Robin commence à s'énerver comme il l'avait fait à l'époque.

– Quand tu es entrée par une fente entre les madriers qui fermaient l'entrée de la mine désaffectée, tu as disparu. J'étais fâché contre toi. Tu étais plus petite que moi, et pour aller à ton secours, j'étais incapable de traverser la barricade. Je criais et tu ne me répondais pas.

Ariane se souvient qu'elle n'avait pas eu peur. Dans le ventre de la terre, dans les galeries creusées par les mineurs, l'enfant se sentait en totale sécurité. Elle explorait et fouillait.

– J'étais bien trop fascinée par les cristaux de quartz qui se trouvaient partout. Je croyais dur comme fer que c'étaient des diamants, se souvient-elle.

– Ouais, c'est vrai qu'ils étaient beaux tes cristaux, ajoute Robin.

De l'album, Azélie se mêle à la conversation.

– Robin avait peur de ne pas revoir sa cousine. Moi, j'avais été rassurée par le géant. Il te guidait dans les galeries. C'est lui qui avait éclairé les cristaux. C'est aussi lui qui avait fait en sorte que tu te diriges vers le lac souterrain. T'es-tu déjà rendu compte qu'il y avait là de l'éclairage? Le géant voulait t'apprivoiser et faire de toi la protectrice de la terre et du sol.

· Puis Azélie ajoute :

– Voilà comment Mathurin, le géant aux mille visages et moi nous avons pressenti l'essence de vos missions. Nous devions vous préparer à l'urgence d'agir pour sauver notre ami Québec.

Finalement, sa voix s'éloigne et s'éteint graduellement :

– Je vous embrasse tous. Les pouvoirs de la canne magique ont des limites. Je ne peux pas m'entretenir avec vous plus longtemps, mais on se reverra. Au revoir Mathurin. Continue de soutenir nos jeunes dans leurs grandes missions.

Les albums reprennent alors instantanément l'allure qu'ils ont toujours eue. Les jeunes les replacent précieusement dans le silence de l'armoire.

CHAPITRE 7

Le sommeil se fait tirer l'oreille

Après cette journée forte en rebondissements, la fatigue gagne le clan des Terroi.

– Je vais me coucher. Vous savez où sont les chambres. Tâchez de bien dormir puisque demain vous partez en expédition dans la forêt, dit affectueusement Mathurin.

Les jeunes installent leurs sacs de couchage sur des lits de fortune sous le grenier de la maison de Mathurin. Par les lucarnes, les étoiles scintillent.

Ariane et Éoline partagent la même chambrette.

Avant de s'endormir, elles chuchotent, de peur de déranger les cousins, mais dans l'enthousiasme le ton monte. Tout à coup, les deux filles sursautent. Leurs cousins cognent dans le mur pour qu'elles cessent de jacasser.

– On veut dormir, les filles !

– Oups ! OK, OK. On dort.

Trop tard, les garçons sont maintenant bien réveillés.

Jonas se sent en verve.

– Demain, on va peut-être retrouver le bateau que Mathurin nous avait construit pour jouer sur le ruisseau dans la forêt. J'espère que la grande perche avec laquelle Mathurin nous poussait sur l'eau y est encore. C'est moi qui étais le capitaine, toi et les filles vous étiez les matelots. Tu te souviens quand on a fait naufrage? Il n'y avait que toi qui ne savais pas nager. Même Éoline faisait mieux. Mathurin t'avait ramené à la berge en te suspendant à sa perche par ton chandail. Tu avais vraiment l'air d'une poule mouillée.

– Eh! Oh! Tu m'insultes Jonas Terroi. Toi, tu te prenais pour la terreur des sept mers! s'écrie Robin.

– Tu peux bien parler. Toi, tu te prenais pour un super champion. Quand on faisait des courses l'hiver dans la pente, tu gagnais toujours. Tu trichais Robin. Tu choisissais toujours les skis les mieux sablés et les mieux cirés. Tu ne me donnais jamais le choix, rétorque Jonas.

– Moi au moins, je connais ce que c'est que du bon bois pour des skis bien travaillés. Toi, tu ne connais rien au bois. La seule chose qui t'intéresse, c'est l'eau et tes batailles navales.

– Pas juste les batailles navales, les batailles d'oreillers aussi !

Sur ces mots Robin reçoit un grand coup d'oreiller en plein visage. Il se ressaisit et assène à son cousin un retour d'oreiller qui le cloue net au matelas. Jonas ne veut pas s'en laisser imposer et réplique subito presto. L'oreiller s'éventre. Les plumes qui le rembourrent sortent par milliers pour venir se coller au visage de Robin. Celui-ci ressemble maintenant à un menaçant personnage sorti des films d'horreur. La lutte se transforme en une incroyable et joyeuse rigolade.

Robin se voit dans le miroir et jette un coup d'œil à Jonas. Ils se regardent un instant et ont la même idée en même temps…

– Si on allait faire une toute petite visite aux cousines.

– Ouais ! Bonne idée !

Sur la pointe des pieds, ils approchent doucement de la chambre voisine. La porte grince.

Ariane et Éoline aperçoivent un horrible bon-homme : des plumes lui poussent au visage et lui tiennent lieu de perruque. Les deux filles lâchent de grands cris. Elles sont terrorisées. Elles s'engouffrent dans un placard.

Là, Ariane découvre le soufflet d'un ancien foyer. Il est énorme. Elle peine à le déplacer, mais elle a tellement peur qu'elle y parvient. La porte du placard entrouverte, Ariane actionne le soufflet duquel se dégage un nuage de suie qui colle au visage du bonhomme à plumes. Celles-ci se mettent à virevolter dans toute la pièce. Robin se trouve débusqué. S'ensuit une véritable cohue. Puis tous s'immobilisent. Ils ont oublié que Mathurin dort.

Heureusement, le vieil homme n'a rien entendu. Il dort du sommeil du juste. Les quatre jeunes se regardent à la lueur de la lune qui traverse la lucarne. Leurs yeux suivent les dernières plumes qui flottent dans la chambre.

Une seule reste accrochée au plafond, une plume blanche presque phosphorescente demeure coincée dans la fente de la trappe qui mène au grenier.

– Si on allait là-haut pour voir ce qu'il y a ? lance Ariane aux autres.

– Il doit faire noir. J'ai un peu peur d'y aller, souffle Éoline, qui ne cesse de se moucher et d'éternuer à cause de la poussière, des plumes et de la suie.

Les garçons s'emparent des chaises qu'ils trouvent dans les chambres, les mettent les unes par-dessus les autres pour atteindre la trappe.

Dans un grincement métallique, Robin la soulève. Celle-ci se rabat sourdement sur le plancher du grenier.

– J'y vais d'abord. Je vous aiderai à monter.

Il s'agrippe aux contours de la trappe. Ses pieds et ses jambes sont suspendus dans le vide et gigotent vigoureusement pour disparaître dans le grenier.

– Ariane, attrape ma main !

Le temps de le dire, les quatre sont dans le grenier. Il y a là une odeur d'herbes séchées. Mais, c'est l'obscurité la plus totale.

Éoline ne se sent pas brave. Elle se colle aux autres.

– Attendez, dit Robin. Je vais tenter d'ouvrir la bouche d'aération sur le côté pour profiter de la lumière de la lune.

Le grillage enlevé, tout s'éclaire d'une douce lumière et les yeux des visiteurs commencent à s'adapter à l'obscurité. Ils partent alors à la découverte du grenier.

CHAPITRE 8

Le grenier endormi

Les fines poussières soulevées par le déplacement du grillage d'aération et par la présence d'autant de jeunes dans le grenier depuis longtemps endormi, flottent dans les reflets des rayons de lune.

Tout à coup, Éoline trébuche sur un objet et le vent se fait entendre. Les enfants savent tout de suite que ce bruit provient du berceau que Mathurin avait fabriqué pour eux. Pour endormir les poupons, le vieil homme avait demandé à l'arbre dans lequel il avait fabriqué le berceau, de faire entendre aux bébés le son du vent dès que le berceau se balançait.

L'arbre suggéra même de faire résonner le chant des oiseaux qui s'étaient perchés sur ses branches durant toute sa vie. Aux quatre coins du berceau, Mathurin avait sculpté des oiseaux de bois qui chantaient pour endormir les nouveau-nés des Terroi. Les volatiles veillaient sur les poupons et orchestraient des concerts à quatre voix.

– C'est comme si on était né dans un arbre !
s'exclame Robin qui comprend mieux son
attachement pour la forêt.

Pendant que Mathurin fabriquait des jouets
de bois, Azélie, elle, tricotait des vêtements
pour ses arrière-petits-bébés.

– Avec arrière-mamie, se rappelle Ariane,
j'ai flatté le mouton, celui qui donnait une
laine bien spéciale. Azélie en tricotait des
bas magiques. Ils permettaient à Robin de
grimper aux arbres dès qu'il a su marcher.

– Azélie m'expliquait qu'avec ces bas, il était
impossible de tomber des arbres. Comme
ça, Robin pouvait s'amuser dans la forêt
sans aucun danger.

Dans l'ombre du grenier, là où il y a beaucoup d'objets entassés, Éoline repère une grande malle.

– Elle a l'air d'un coffre de pirate. Peut-être qu'il y a des trésors à l'intérieur. Je veux voir. Ouvre-le Jonas. Vite, j'ai hâte de voir.

– Et si par hasard il y a des fantômes et des squelettes dans le coffre ! réplique le garçon.

– Mais non, répond Éoline. Tu dis juste ça pour me faire peur. Ouvre.

Jonas parvient à soulever le couvercle. Il retrouve le jeu d'échecs que Mathurin avait façonné pour ses arrière-petits-fils.

– C'est le chêne qui est le roi. Le sorbier est le fou et le charme de Caroline la reine. Les sapins sont les pions. Je préfère les pièces aux formes d'arbres de la forêt, conclut Robin.

– Moi, dit Jonas, j'ai toujours aimé, les pièces en forme de poissons. L'esturgeon est le roi. La truite arc-en-ciel est la reine et le crapet-soleil est le fou. Les écrevisses sont les soldats du royaume. Quand je jouais contre toi, Robin, c'est toujours moi qui gagnais. La, la, la, la !

Interrompant leur fouille et en relevant la tête, les jeunes reconnaissent le métier à tisser. Les histoires qu'Azélie contait lui étaient inspirées au moment où elle tendait ses fils. Au pied du métier, une boîte de métal ternie par le temps attend patiemment qu'on en ressorte ses trésors. En l'ouvrant, Ariane y trouve des cerises de terre bien enveloppées dans leur cage.

– Azélie nous disait que les cerises de terre dans leur enveloppe étaient de minuscules lanternes. Que les soirs de pleine lune, elles s'illuminaient dans le potager. Comme ça, les enfants pouvaient voir les vers de terre travailler à sortir des particules du sol et creuser les tunnels dans lesquels, le jour, ils se cachent du soleil. Arrière-mamie expliquait que ces tunnels permettent à l'eau de demeurer plus longtemps dans le potager. Ça protège les racines de la sécheresse et ça donne une bonne récolte.

Soudain, les cerises de terre s'allument les unes après les autres. Après tout, c'est soir de pleine lune ! De la boîte de métal s'échappe une lumière assez vive pour permettre aux jeunes de pousser plus loin leur exploration du grenier.

Après un moment, épuisée de sa longue journée et par l'exploration nocturne du grenier, Éoline s'endort. Ariane trouve une courte-pointe sur laquelle Azélie avait cousu et illustré, avec des retailles de tissus, l'histoire du monde des citrouilles. Elle s'enveloppe de la courte-pointe et sombre dans le sommeil.

Les garçons trop fatigués pour tenter la descente par la trappe du plancher du grenier décident eux aussi de s'assoupir sur des coussins dodus, cousus pour accueillir les chats de la maisonnée. Au-dessus de leurs têtes, des plantes accrochées par les racines au séchoir ressemblent à des chauves-souris. L'odeur des herbes embaume ainsi leurs rêves.

CHAPITRE 9

Des fouines débusquées

Au petit matin, croyant trouver les jeunes Terroi pimpants et prêts pour l'excursion en forêt, Mathurin escalade l'escalier qui mène aux chambres. Il se réjouit à l'avance de toutes les découvertes que feront les jeunes guidés par le géant Québec.

Mais… que se passe-t-il ? Tous les lits sont vides ! L'attention du vieil homme se tourne vers l'échafaudage chambranlant de chaises qui mène droit à la trappe du grenier.

– Eh ! Le clan des fouines ! Debout là-dedans, le géant vous attend. Nous devons préparer le festin de ce soir. Cueillir les champignons, les noix et les racines des quenouilles.

Le plancher du grenier craque et lentement apparaît un œil de Robin… puis l'autre.

– Coucou Mathurin.

Un peu gêné et craignant de se faire reprocher son indiscrétion, Robin parle très bas.

– On voulait juste vérifier si nos jouets étaient encore là. On voulait juste regarder… si tout est correct… si le toit ne coule pas. On n'a rien trouvé de suspect.

– Ne te fatigue pas en excuses Robin. La curiosité, c'est excellent pour aider le géant dans sa lutte contre la pollution. Pour lui venir en aide, il faut de jeunes fouines qui veulent apprendre. Avez-vous besoin d'un coup de main pour redescendre ?

– Il n'y a pas de problème. Si on veut découvrir les secrets de la nature, on est mieux d'être débrouillards. J'aiderai les autres à redescendre. Je réveille tout le monde et on va déjeuner avec toi, promet Robin.

Le vieil homme redescend à la cuisine en pensant qu'il préfère des jeunes avides de découvertes plutôt que des enfants sages comme des images, mais qui ne bougent pas. Il hoche la tête et arbore un large sourire.

Le déjeuner terminé, les jeunes partent en quête de la nourriture qu'offre la forêt pour le festin du soir. Avant le départ pour l'expédition, Mathurin y va de ses recommandations :

– Vous connaissez bien la forêt. Chacun sa tâche pour le repas de ce soir. Mais avant que vous partiez, je voudrais que vous vous initiiez à un autre secret bien gardé des Terroi. Je vous dis simplement ceci. Ouvrez bien vos oreilles. Vous devrez les exercer à entendre des sons auxquels vous n'êtes pas habitués. En plus du géant avec qui vous conversez de plus en plus facilement, les Terroi peuvent entendre parler les oiseaux, les insectes, les poissons et les animaux. Leur langage est différent de celui du géant. Mais eux aussi ont des messages à livrer. Plus vous serez familiarisés avec leurs langages, plus ils vous donneront de conseils précieux pour la santé du géant aux mille visages. Soyez attentifs. À votre retour on va se régaler. Allez les enfants !

– Tu ne viens pas avec nous? Tu nous as toujours accompagnés jusqu'à maintenant, lance Éoline, un peu craintive à l'idée d'aller en forêt sans son arrière-grand-père.

– N'aie pas peur. Tu vas trouver ton chemin. Avec les autres, vous allez retrouver vos repères, comme le ruisseau ou votre balançoire à bascule. Si je vous accompagne chaque fois, vous n'apprendrez pas à entendre ce que vous devez apprendre à entendre, à suivre le parcours du soleil et la direction des vents pour vous orienter. Allez, il est temps de mettre en pratique tout ce qu'Azélie et moi vous avons montré sur la nature du géant et de prendre de nouvelles leçons.

Les enfants traversent le champ, atteignent la lisière de la forêt et saluent de la main Mathurin. Ils s'engouffrent dans les buissons et trouvent un sentier.

CHAPITRE 10

Une joyeuse escarmouche

Le quatuor s'enfonce dans la forêt. Robin a pris de l'avance. Il dit avoir fait des trouvailles. Les trois autres se précipitent pour le rejoindre. Ils courent à sa rencontre, mais ne le trouvent pas. Jonas, Ariane et Éoline ont beau regarder dans toutes les directions, pas de Robin à l'horizon.

– Où es-tu ? Tu te caches ? lance Éoline inquiète. Peut-être son cousin s'est-il perdu dans la forêt.

À l'instant même, les trois jeunes reçoivent une pluie de noix sur leur tête. Toc. Toc. Toc. Bing ! Bang !

– Aïe ! Ayoye ! Arrête, ça pince ces noix, s'écrient les filles.

Les trois jeunes lèvent les yeux. En haut d'une grosse branche de chêne, Robin rit à en perdre le souffle. Il en a mal au ventre.

– Attends que je t'attrape !

Jonas escalade à toute vitesse les branches du chêne dans l'espoir de mettre la main au collet de Robin.

– Essaie pour voir. Essaie ! lui crie celui-ci.

À l'instant où Jonas est sur le point de l'agripper, son grand cousin s'élance dans les airs… Il s'est attaché à une liane. Comme Tarzan, il se balance dans le vide en tentant de rejoindre les branches d'un autre gros arbre. Au retour de la liane, tandis que Robin y est toujours cramponné, Jonas la saisit et commence à se balancer lui aussi. Quand, tout à coup, un grand «crac» retentit. La liane vient de casser, entraînant les deux garçons dans la chute.

Les filles ne voient plus ce qui se passe et crient, croyant dur comme fer que leurs cousins vont s'écraser par terre et se blesser.

Au lieu de cela, un bruyant «splash» retentit.

– Nous avons trouvé le ruisseau. Hourra! Bravo! Vive Tarzan et son singe, crie Robin.

– Effronté de Robin Terroi, je ne suis pas un singe, je suis un garçon. As-tu compris? s'indigne Jonas.

– Avec Tarzan, il ne peut y avoir qu'un singe!

– Tu ne perds rien pour attendre.

Dans un élan de mi-colère et de fol amusement, Jonas arrache plusieurs quenouilles et s'acharne à frapper Robin. Les quenouilles éclatent et laissent sortir de la mousse qui colle sur Robin.

– Hier, tu avais des plumes partout et aujourd'hui, regarde-toi, tu ressembles à un poussin. Hi! Hi! Hi! s'esclaffent les filles en duo.

Une bataille navale s'engage. Les quenouilles deviennent des assommoirs. Jonas et Robin s'en donnent à cœur joie. C'est tellement drôle que les quatre jeunes s'égosillent à hurler de bonheur. Les deux rescapés des eaux parviennent à sortir du ruisseau.

– Des lianes, je croyais que ça n'existait que dans la jungle! Il y en a d'autres par là, s'écrie Ariane.

Tous se mettent de la partie et en trouvent une très robuste. Bien accroché, chacun survole à tour de rôle le ruisseau. Ariane, en plein vol, mange un maringouin! L'autre se prend pour Tarzan et crie à fendre l'âme. Éoline s'imagine qu'elle est un oiseau. Finalement, Robin tombe à l'eau, encore une fois.

CHAPITRE 11

Une sieste mouvementée

La fatigue commence à accabler le jeune clan Terroi. Avec leur escapade dans le grenier la nuit dernière, ils ont du sommeil à rattraper. Épuisés par la marche et surtout, la bataille et les rires, tous s'installent pour une petite sieste.

Alors qu'Éoline commence à cogner des clous, une libellule vient se poser sur ses cheveux. La petite sent l'insecte descendre sur son front.

– Bonjour bestiole, lui dit la fillette. Je n'ai pas souvent la chance de voir d'aussi près un insecte aussi original.

La petite louche à force de regarder cette visiteuse insolite. Tout à coup, la libellule prête ses yeux à Éoline. Celle-ci a maintenant une vision d'insecte. La seconde d'après, Éoline est soulevée de terre par l'insecte volant qui agite ses ailes.

Ensemble, la jeune Terroi et la libellule volent à gauche, puis à droite, vers le haut et vers le bas. Comme dans des montagnes russes, Éoline a des papillons dans l'estomac quand la libellule décide de piquer vers le sol et de faire du rase-mottes. Les deux ont un plaisir fou à survoler la forêt.

– On dirait un hélicoptère. Tu es sûre de ne pas avoir de moteur au bout de ta queue, libellule ? Qu'est-ce que tu fais de tes journées ?

– Je fais le ménage de la forêt. Je bouffe des insectes nuisibles. Les insectes de mon espèce terminent souvent leur vie dans l'estomac d'oiseaux qui apprécient le mets succulent que nous sommes pour eux. C'est ainsi. Dans la forêt, on se rend tous des services. J'espère que tu auras apprécié ton tour de libellule, car moi, je te dépose. Même si tu es une petite fille, tu commences à être lourde. Tu me permets : je reprends mes yeux. Au revoir, et n'oublie jamais que nous avons tous un rôle à jouer pour le géant.

Éoline se retrouve au sol, la libellule repart.

La fillette est folle de joie de cette formidable aventure. Les trois autres Terroi ont cru entendre l'insecte. Un autre secret de Mathurin vient d'être vérifié.

– Nous commençons à entendre les insectes parler ! Nos oreilles captent leurs précieux messages. C'est fabuleux, ce n'est pas normal, mais c'est extraordinaire, lance Jonas complètement abasourdi.

À peine remis de leurs émotions, c'est au tour d'Ariane d'être transportée comme sur un tapis roulant et à toute allure.

– Au secours, je vais tomber. Mais qu'est-ce qui se passe, qu'est-ce qui m'arrive ?

Elle regarde par terre. Elles sont des milliers et des milliers. Des fourmis qui avancent au pas militaire, puis au pas de course.

– Tournez à gauche, hurle la fourmi en tête de peloton.

Ariane manque de perdre l'équilibre, mais elle ne veut pas tomber, elle commence à prendre plaisir à l'expérience complètement incroyable qui lui arrive.

– Au pas de course. Un, deux. Un, deux. Plus vite! Avancez bande de lambines! Nous devons nous rendre à la fourmilière le plus vite possible: la reine nous attend.

La fourmi qui dirige les opérations fait un large sourire à Ariane et lui avoue:

– Je joue au chef. C'est stimulant. Nous vivons en colonie et j'adore diriger les opérations de nettoyage de la forêt et les corvées d'approvisionnement. On vit ensemble, on travaille ensemble. On est très sociables comme vous pouvez le constater.

Ici, on fait beaucoup de ménage. On aide les feuilles et les vieux troncs d'arbres à se décomposer en les découpant en petits morceaux. On ne s'ennuie pas. Nous nous terrons dans les aisselles du géant aux mille visages. Il aime bien notre présence. Avec nous, il y a de l'action.

– Stop! lance à s'époumoner la fourmi de tête. On est rendus. Heureuse de t'avoir enfin retrouvée.

– Comment? Vous m'avez retrouvée? interroge Ariane, perplexe.

– Bien sûr que oui ! Quand tu étais petite, tu passais des heures à nous observer. Tu diras à Robin que lorsqu'il nous brûlait les antennes avec sa loupe et le soleil, on le trouvait moins drôle, celui-là. Au revoir !

Les fourmis s'engouffrent à toute allure dans la fourmilière.

– Qui a dit qu'il n'y a rien qui se passe dans la forêt ! s'exclame Robin.

CHAPITRE 12

Des problèmes à l'horizon

Tout à coup, les arbres, les insectes, les animaux, les oiseaux et le géant parlent tous en même temps. Une véritable cacophonie s'installe. Les enfants ne savent plus par où se diriger. Ils ne comprennent pas encore assez bien le langage de la nature du géant et des habitants des forêts. Les jeunes ne décodent plus rien. Ils sont perdus au cœur de la forêt et le soleil commence à baisser. Impossible de retrouver le chemin du retour.

À force de s'amuser, de cueillir, de rire et de vivre des expériences hallucinantes, ils ont dépassé les limites de la forêt de Mathurin, sans jamais s'en rendre compte. Il n'y a plus aucun point de repère.

C'est alors qu'au loin, dans un bruit inquiétant, comme s'il s'agissait de bêtes sauvages, des véhicules tout-terrain se font entendre de plus en plus bruyamment. Cotin La Teigne et sa bande arrivent en VTT, à toute vitesse, sur le chemin forestier.

– Vous allez déguerpir et au plus vite. Ça presse. C'est la forêt de mon père et vous n'avez rien à faire ici. Avant que vous partiez, on va vous fouiller. Allez-y les gars, ordonne Cotin, le chef de bande, à ses cinq comparses.

Un garçon de la bande trouve dans le sac à dos de Jonas une bouteille. Il l'arrache du sac et la débouche.

– C'est de l'alcool. Je sens qu'on va avoir du plaisir. Qu'est-ce que vous en pensez les gars !

Robin demande à Jonas ce qu'il fait avec de l'alcool.

– Je l'ai trouvé dans le grenier de Mathurin. C'est du vin de pissenlit. Je me disais que ça pourrait être bon. Ce n'était peut-être pas une bonne idée…

Cotin, au contraire, trouve que c'est une excellente idée.

– Merci pour le petit « cadeau ». Nous allons pouvoir avoir du bon temps !

Cotin arrache la bouteille des mains de son copain et commence à en boire. La bouteille passe de mains en mains et ses amis la vident un peu plus chaque fois.

Au bout de quelques minutes, Cotin La Teigne se fait plus doux et Ariane tente de lui expliquer qu'ils se sont perdus.

– Si tu dis vrai, nous allons vous escorter et vous montrer le chemin du retour, ricane-t-il.

Tout en titubant, il enfourche son véhicule. Il se tient debout sur les marchepieds pour bien dominer la situation. Il invite le clan des Terroi à le suivre. Mais… il a bien l'intention de s'amuser à leurs dépens.

Il les fait marcher longtemps, leur faisant respirer les gaz d'échappement de son VTT. Cotin et ses amis poussent le clan profondément dans la forêt et volontairement le perd dans la nature. Ils narguent les jeunes Terroi et s'enfuient, les abandonnant dans la noirceur d'une forêt inconnue.

Une demi-heure plus tard, Cotin et sa bande reviennent. En se promenant en horde bruyante sur leur VTT, ils crient furieusement. Les Terroi n'en mènent pas bien large.

Éoline tient la main de Robin très fort.

– Qu'est-ce qu'on fait maintenant qu'on est bien perdus ?

– Attendons que la bande à Cotin se calme, répond Robin et dès qu'ils nous auront laissés en paix, nous suivrons les odeurs de cèdre qui viennent toujours de l'ouest, donc de la direction où est située la maison de Mathurin.

Comme de fait, la bande à Cotin finit par s'éloigner et les jeunes Terroi suivent Robin qui tente de trouver un chemin pour que tous se mettent à l'abri.

Soudainement, des lucioles s'attroupent et

donnent le signal aux enfants de les suivre. Le vol éclaire un étroit sentier. Autour la noirceur se fait oppressante. Au bout d'une longue marche, Ariane reconnaît l'entrée de la mine aux chauves-souris!

– Je l'ai visitée quand j'étais petite. N'est-ce pas Robin?

Ils parviennent à se frayer un chemin à travers les broussailles qui cachent partiellement l'entrée. Tout en évitant de faire trop de bruit, Jonas arrache une planche qui obstrue l'accès.

– Je ne suis pas très rassurée, avoue Ariane. Je crains que Cotin ne nous retrouve. Je vais chercher la galerie de la vieille mine qui mène au lac souterrain. En espérant qu'elle ne se soit pas effondrée. On pourra avoir de l'eau pour la nuit et dormir en sécurité.

Ariane et Jonas ont tout juste le temps d'entrer dans la mine que Cotin et sa bande rappliquent.

– Tiens donc, comme on se retrouve, lance sur un ton cynique, Cotin La Teigne. Où sont les deux autres?

Éoline qui comprend que Cotin est encore là pour leur causer des ennuis, répond:

– À cause de toi, ma cousine et mon autre cousin ont disparu. Ils sont probablement perdus beaucoup plus loin dans la forêt. Tu es méchant, très méchant.

Loin d'être intimidé, Cotin rit très fort et feint de pleurer à chaudes larmes aux propos d'Éoline.

– Les deux autres sont idiots et incapables de se retrouver dans la forêt et je crois bien que vous ne valez guère mieux qu'eux. La forêt, ce n'est pas fait pour des faibles de la ville. Ha! Ha! Ha! Allez les gars, rigolons un peu.

Cotin et ses cinq compagnons, chacun sur leur VTT respectif, se mettent à rouler très vite. Ils tournent autour de Robin et Éoline pour les étourdir et leur faire peur. Les phares des VTT aveuglent les deux Terroi.

Robin dit tout bas à la petite:

– Ce n'est pas le temps de leur montrer qu'on a peur. Il ne faut surtout pas qu'ils sachent où sont les deux autres.

Et le cirque de Cotin continue encore et encore.

– Ils vont bien finir par arrêter! chuchote la plus jeune des Terroi.

CHAPITRE 13

À *feu et à sang*

La bande de Cotin commence à ralentir la cadence. L'un des garçons annonce qu'il est assez tard, qu'il n'y a pas assez d'action ici. Il part. Le vin de pissenlit fait tourner la tête aux autres. Ils décident donc eux aussi de partir et de laisser Cotin poursuivre seul sa ronde infernale.

Cependant, avant de détaler pour de bon, un des garçons met le feu à deux quenouilles sèches qu'il avait en sa possession.

– Attention, voici mes javelots de feu ! crie-t-il.

Il lance un premier projectile qui atterrit assez loin de Robin et Éoline.

– Mais qu'est-ce qu'il fabrique celui-là ? C'est dangereux ce que tu fais, hurle Robin.

Robin a bien raison, car un des VTT a perdu de l'essence. Comme le cercle infernal a duré un bon moment, le carburant s'est répandu en quantité. Par malheur, une des quenouilles enflammées échoue directement sur la traînée

de carburant. L'essence s'enflamme. Immédiatement un incendie commence à se propager.

En un clin d'œil il est à proximité du VTT
de Cotin qui tente de se sauver. Dans sa
fuite, il entreprend une manœuvre désespérée
pour échapper aux flammes. Brusquement son
véhicule bascule sur lui. Il hurle de douleur. Sa
jambe est cassée et il n'arrive pas à se dégager
de l'engin qui pèse très lourd. Heureusement,
le feu ne l'a pas atteint…

Le grand cercle de feu se referme de plus en plus sur Cotin, Éoline et Robin. Ce dernier comprend immédiatement que ses cousins, qui sont dans la mine aux chauves-souris dont l'entrée se trouve juste derrière eux, sont également pris au piège. Le feu commence à lécher les grands arbres.

– Entrons vite dans la mine. Mettons-nous en sécurité crie-t-il à Éoline.

Avec Éoline, il parvient à rejoindre les deux autres.

De l'intérieur, dans le ventre du géant aux mille visages, Ariane et Jonas ont vu tout ce qui s'est passé. Le feu apporte un certain éclairage, mais la chaleur et la fumée commencent déjà à les incommoder.

– Quand j'ai exploré la mine, il y a longtemps, le lac souterrain était au bout de cette galerie. Elle a tenu le coup. Avec Jonas, on va essayer de se rendre au lac. De toute façon, avec le feu à la porte, on n'a plus le choix. Allons-y, dit Ariane tout en encourageant Jonas à la suivre.

À cet instant, les jeunes entendent Cotin qui gémit, qui pleure, qui appelle au secours.

– Qu'est-ce qu'on fait? réfléchit Robin. Je n'ai pas beaucoup envie de lui prêter main-forte après tout ce qu'il nous a fait subir, mais je ne peux tout de même pas le laisser brûler.

Il prend son courage à deux mains, applique sur son visage un foulard pour mieux respirer et rampe vers Cotin.

– Sors-moi de là. Je vais mourir, supplie Cotin.

Puis, il cesse de pleurer. Il ne crie plus. Il fait silence et regarde fixement le feu menaçant.

Robin use de toutes ses forces et déplace le VTT en essayant de ne pas blesser davantage Cotin, qui est déjà assez mal en point.

Poursuivi par les flammes qui se rapprochent trop vite, Robin traîne le blessé, absolument incapable de marcher. De peine et de misère, il le transporte jusqu'à la mine. L'accidenté gît à même le sol, mais à l'abri du feu.

Robin reconnaît tout à coup le garçon qui se tord de douleur.

– Je sais maintenant qui tu es! Tu es le fils de Monsieur La Teigne, le propriétaire de l'usine de peinture. Ton père pollue la rivière depuis des années malgré les protestations des citoyens. Ton père fait mourir les poissons. Les pêcheurs, pour qui cette nourriture est importante, s'empoisonnent avec leurs prises. En plus, l'usine laisse échapper des fumées toxiques qui contaminent le lait des troupeaux de chèvres et de vaches.

CHAPITRE 14

Le cerf-volant de l'espoir

Maintenant que Robin sait qui est Cotin, il a le goût de jouer le tout pour le tout.

– Je veux bien te tirer d'affaire, lui dit-il, mais avant, tu vas me promettre de faire tous les efforts que tu pourras pour convaincre ton père de moderniser son usine pour qu'elle cesse de polluer toute la région.

– Ce n'est pas le temps des promesses. Tire-moi de là tout de suite ! Tu ne peux pas me laisser tout seul ici, hurle Cotin.

– Avant, promets-moi de régler le problème de l'usine de ton père. Dépêche-toi, je n'ai pas de temps à perdre.

Au bout de plusieurs longues minutes, terrorisé à l'idée de rester seul dans la mine, Cotin accepte.

– Tu gagnes ! Je promets. Je vais convaincre mon père de cesser de polluer avec son usine. Tu gagnes !

Éoline a tout vu de l'opération de sauvetage de Cotin La Teigne.

– Même s'il est méchant ce garnement, je suis contente qu'il soit en sécurité. J'ai maintenant des choses à te dire, Robin.

Ariane et Jonas, guidés par le géant, sont partis à la recherche du lac souterrain. Il a allumé des quartz pour qu'ils trouvent le chemin. Il leur a aussi indiqué qu'au fond de ce lac se trouve un tunnel. L'eau emprunte ce passage pour alimenter le puits dans lequel, autrefois, Mathurin puisait son eau. D'après le géant Québec, si Jonas a d'assez bons poumons, il pourra l'atteindre. Une échelle descend encore vers les profondeurs du puits. Par là, Jonas pourra remonter à la surface et avertir Mathurin que nous sommes pris au piège dans un gros incendie de forêt.

– J'espère seulement que Jonas pourra respirer, songe Robin.

– Le géant nous a dit qu'il y avait quelques poches d'air tout au long des grottes où coule la rivière souterraine et dans le passage qui mène au puits. D'après lui, Jonas ne court pas trop de risque. Mais... s'il échouait... dit-elle avec des sanglots dans la gorge...

j'ai pensé à une autre idée pour avertir Mathurin.

Robin écoute attentivement, parce que franchement, il ne sait pas quoi faire pour sauver le clan des Terroi. Éoline explique son plan.

– Azélie a toujours dit que j'étais plus légère que le vent. Je sais aussi que quand il y a du feu, la chaleur peut faire déplacer les objets. Comme à Noël quand Azélie allumait une chandelle en dessous du mobile avec les anges en or. Tu te souviens, les anges commençaient à tourner, entraînés par la chaleur de la chandelle?

– Oui, bien sûr. Mais je ne vois pas où tu veux en venir, rétorque Robin.

– Puisqu'il y a le feu dans la forêt, si je sors ma couverture dodo, et que j'en fais un cerf-volant, je serai entraînée par la chaleur, au-dessus de la forêt. Aujourd'hui, le vent souffle de l'est vers l'ouest, il me poussera vers la maison de Mathurin. Je pourrai aller chercher de l'aide.

Aussitôt dit, Éoline saisit sa couverture dodo de telle manière qu'elle soit au-dessus de sa tête et au bout de ses bras. Elle se met à courir le plus vite qu'elle le peut…

Comme elle l'avait prévu, la chaleur du brasier la soulève vers le ciel. Ses petites chaussures deviennent brûlantes, mais Éoline est courageuse et s'agrippe à sa couverture.

Ses yeux pleurent, tout irrités par la fumée de l'incendie. Elle s'élève, s'élève, s'élève encore plus haut. Le vent de l'est la pousse dans la direction qui la mènera à la maison de Mathurin.

Robin qui la suit des yeux, interpelle le géant pour lui demander son aide. Le géant encourage son ami, le vent d'est, à tenir bon et à faire en sorte qu'Éoline se rende saine et sauve au bout de son périple.

CHAPITRE 15

Un plan périlleux

Jonas et Ariane sont maintenant à des centaines de mètres de l'entrée de la mine. Ils sont au bout d'une sombre galerie, éclairée à la lueur des quartz que le géant a allumés pour les guider vers le lac souterrain. Ils avancent aussi vite qu'ils le peuvent.

Le plan de Jonas de nager jusqu'au puits n'est pas très rassurant. Mais le jeune Terroi aime tellement l'eau et la connaît si bien, qu'il a la certitude qu'il parviendra à alerter Mathurin du grand danger qui les menace. «*Appeler des renforts*» est son objectif.

Le géant aux mille visages ouvre ses grands yeux souterrains. Ils diffusent une certaine lumière et se font rassurants. Les enfants ressentent cette présence.

– Je te guiderai Jonas. Apporte avec toi deux gros quartz qui ajouteront leur lumière pour plus de sécurité. Je sais que tu as de bons poumons bien entraînés pour la plongée.

Sans compter qu'il y a des réserves d'air à plusieurs endroits le long du trajet de la rivière souterraine.

Si tu venais à manquer d'air, mes araignées d'eau t'apporteront des bulles d'air. Elles sont habituées à en fabriquer, car elles leur permettent de patiner sur l'eau. Ne te laisse pas décourager. Du succès de ta périlleuse expédition dépend le sort de tes cousins Terroi.

Jonas a un moment d'inquiétude pour les animaux de la forêt qui risquent eux aussi de périr dans les flammes.

– J'entends ce à quoi tu penses. Ne t'en fais pas pour les animaux, ils sont plus débrouillards que les humains. Il y aura des pertes parmi eux et les insectes, mais le plus urgent, c'est de vous sauver, murmure le géant.

– Allez, Jonas, le temps presse, chuchote d'une voix tremblotante Ariane. Je penserai à toi très fort. Je sais que tu vas réussir.

Il fait noir en ces lieux. Jonas se demande vraiment comment il fera pour trouver l'entrée de la rivière souterraine dans cette noirceur. Il doit pouvoir utiliser ses deux bras pour nager plus vite. Il faut trouver un moyen d'attacher les quartzs sur lui sans être obligé de les tenir dans ses mains.

Ariane tente de les fixer à l'aide d'un foulard noué autour de la tête de Jonas. Après plusieurs tentatives infructueuses, le garçon réfléchit :

– Si je me laisse dériver, le courant va bien finir par me transporter au bon endroit. Mais, il est faible ce courant. Avant de trouver l'entrée de la rivière, ça risque d'être long.

Au même moment, Ariane s'assoit pour se rendre compte qu'il y a là, juste sous sa main, une drôle de forme ronde. En tentant de dégager l'objet de la terre, elle s'aperçoit qu'il s'agit d'un très vieux casque de mineur. À l'avant, il y a cette espèce d'ampoule qui permettait aux travailleurs de la mine de s'éclairer. La lumière est brisée, mais Ariane essaye d'installer au même endroit les deux quartz lumineux… Ça ne fonctionne pas ! Sans se décourager, elle explore une autre possibilité. La courroie de cuir qui retenait le casque sur la tête d'un mineur peut servir à fixer les quartz au cou de Jonas !

– Eurêka ! s'écrie Ariane.

Sans plus tarder, elle installe les quartz sur Jonas. Il peut maintenant nager les mains libres et ainsi trouver son chemin sous l'eau.

En toute urgence, Ariane aide son cousin à descendre dans l'eau sombre et glaciale du lac. Prenant une grosse bouffée d'air, Jonas disparaît sous la surface de l'eau.

CHAPITRE 16

Dans le ventre du géant

Jonas, grâce à son éclairage de fortune, trouve rapidement l'endroit où l'eau passe du lac vers une rivière creusée dans le ventre du géant. L'entrée débouche sur un tunnel tortueux. Il nage le plus vite qu'il peut parce qu'il craint de manquer d'oxygène.

Comme prévu, il rencontre des poches d'air qui lui permettent de remplir ses poumons et de replonger dans le courant de l'eau.

– Cette eau est froide, très froide, mais elle est claire et pure. Je n'en ai jamais vu d'aussi limpide, pense Jonas, qui tente de distraire ses pensées de l'idée de la peur. Ce n'est pas le moment de prendre panique.

Il nage sans répit. Tout à coup, l'inquiétude le gagne. Depuis maintenant trop longtemps, il ne trouve plus de réserve d'air. Ses yeux s'agrandissent, une grande crainte commence à l'envahir. Il est étourdi et doute de pouvoir se rendre au puits. Il croit de plus en plus fort

qu'il soit impossible de sauver ses cousins...
et de se sauver lui-même.

Il est à bout de souffle. Il n'en peut plus.
Soudainement, des araignées patineuses lui
apportent des bulles d'oxygène. En les agglu-
tinant, les unes aux autres, les insectes d'eau
fabriquent une immense bulle remplie d'air.
Jonas colle sa bouche sur elle et le mur entre
l'eau et l'air s'entrouvre. Jonas fait le plein

d'oxygène. Pour le moment, il est sauvé! Son courage lui revient et il se remet à nager.

Espoir! Le garçon aperçoit finalement une faible lumière.

– La Lune! La Lune! Je vois ses rayons dans l'eau profonde du puits.

Mais, ses poumons sont encore une fois vides. Il ressent le puissant réflexe d'aspirer. Il lutte, car s'il aspire, l'eau va s'engouffrer dans ses poumons et va le noyer.

– Ne respire pas, tiens bon. Continue pour toi et pour les autres, se dit Jonas. Ne pas respirer et nager. Je n'en peux plus. Je suis à bout. Je dois continuer. La Lune m'attend. La Lune…

Et au moment où il croit perdre la partie, il fixe son regard vers la Lune et comme aspiré par cet astre, sort de l'eau! Il a enfin atteint le fond du puits et s'accroche à l'échelle dont parlait le géant.

– J'ai réussi. J'ai réussi. De l'air, de l'air!

Essoufflé comme il ne l'a jamais été de toute sa vie, il respire l'air frais. Ses narines et sa bouche ne sont pas assez grandes pour refaire le plein d'oxygène.

Puisant le peu d'énergie qui lui reste, Jonas s'attaque à l'ascension de la longue échelle de corde que Mathurin avait cachée là, au cas où il serait nécessaire de descendre au fond du puits.

Jonas grimpe sans jamais s'arrêter. La remontée lui semble interminable. Enfin, il arrive tout en haut, et sort du puits. Jonas a froid. Il fait nuit et il aperçoit au loin, autour de la maison de Mathurin, des voitures de police, des secouristes et de nombreux hommes.

Jonas se met à crier au secours. Trop loin pour que quiconque l'entende, il lui semble que ça lui prendra une éternité avant de les atteindre.

Pendant ce temps...

CHAPITRE 17

Sauvetage aérien

Éoline survole la forêt portée par le vent d'est et son cerf-volant inventé. Mais, la fumée et les flammes tournoient si violemment que le vent perd sa direction. Il attire la petite vers un autre village.

– Je m'éloigne de la maison de Mathurin et mes bras n'ont plus la force de tenir mon doudou, se dit-elle.

Elle tente désespérément d'attacher les coins de sa couverture à ses poignets. Elle est si fatiguée qu'elle a de la difficulté à retenir le tissu qui lui tient lieu de cerf-volant. Sa petite main gauche lui fait si mal que ses doigts ouvrent et laissent s'échapper le coin de la couverture. Éoline hurle de frayeur, elle tombe vers la forêt. Au-dessous, c'est un immense brasier, du feu, des flammes.

Le géant ne peut abandonner cette petite qui défend si bravement les siens et la nature. Elle a tant fait pour l'aider. Il ne la laissera pas tomber... au sol et brûler.

– Non, elle ne périra pas de la bêtise des humains, s'exclame-t-il.

Il fait alors appel à ses amies les corneilles et leur demande de secourir cette enfant courageuse. À leurs risques et périls, les oiseaux prennent leur envol. Il ne reste que quelques secondes avant qu'Éoline s'écrase dans les flammes. Avec leur bec, les volatiles attrapent la fillette et la soulèvent pour empêcher qu'elle soit rôtie par le feu. À plusieurs, les corneilles font battre leurs ailes à toute vitesse et réussissent à prendre de l'altitude. Plus haut, la chaleur se fait moins étouffante.

En suivant les directives du géant, les oiseaux amènent Éoline chez le vieux Mathurin. Ils maintiennent le plan de vol vers l'ouest.

Du haut des airs, Éoline distingue des silhouettes humaines et reconnaît la maison de Mathurin. Autour, des gyrophares s'agitent. Plus les corneilles redescendent, plus la fillette reprend ses forces.

– Enfin de l'aide. Ariane et Robin ont des chances d'être sauvés. Mais… mais c'est Jonas. Il est vivant ! Du haut des airs, elle l'a bien reconnu.

Les oiseaux déposent la petite et repartent aussi vite. Ils doivent reconstruire leurs nids. Ils n'ont plus de place pour dormir, tout a brûlé.

– Merci, les corneilles, vous m'avez sauvée. Je vous aiderai à vous trouver d'autres nids.

Éoline alerte Mathurin et tous les gens qui sont avec lui.

– Un gros incendie fait rage dans la forêt. Robin, Ariane et un certain Cotin sont prisonniers du feu, hurle-t-elle avant de courir se blottir contre Mathurin.

Pendant que le vieil homme tente, tant bien que mal, de rassurer son arrière-petite-fille, il entend Jonas crier. À bout de force, il parvient à marcher jusqu'à Mathurin qui accueille le petit garçon à bras ouverts.

Les secouristes ne comprennent pas comment les deux enfants ont fait pour s'en sortir et pour arriver jusqu'ici. Ils leur posent beaucoup de questions pour évaluer comment ils pourront secourir les trois autres jeunes pris en souricière dans l'incendie de la forêt. Avec les informations que les jeunes Terroi leur donnent, les hommes finissent par conclure :

– Il est trop risqué pour nos équipes de se rendre à l'endroit que vous m'indiquez. Tant que le feu n'aura pas perdu de son intensité, il est impossible de secourir Robin et Ariane.

– La seule chose à faire, Monsieur Mathurin, c'est d'espérer que les jeunes sont restés à l'intérieur dans la vieille mine. Sinon… Ça me crève le cœur de vous dire ça. On ne peut pas faire mieux pour le moment, l'incendie est beaucoup trop violent, conclut le chef des pompiers.

– Est-ce que quelqu'un peut joindre le père de Cotin La Teigne? Il faudrait qu'il sache que son fils est en danger, dit un secouriste aux policiers.

Mathurin serre ses deux arrière-petits-enfants contre lui. Il faut trouver le courage de traverser cette épreuve et cette attente interminable. Il implore le géant de faire quelque chose de plus pour sauver Robin et Ariane.

– Par pitié, mon ami Québec, travaille de toutes les forces de ta nature pour venir en aide à ces enfants. Ils ont essayé par conviction de te venir en aide. Fais en sorte de les aider, à ton tour, à sortir de ce pétrin.

Le géant n'est pas sourd. Une solution lui traverse l'esprit. Elle lui permettrait peut-être de sauver beaucoup de vie.

– Je produis des tremblements de terre quand bon me semble. Si je soulève le fond de la rivière vers la forêt, elle débordera, et comme ça, je pourrai éteindre une partie du brasier. Ariane et Robin... et pourquoi pas Cotin, s'en sortiraient sains et saufs.

Chapitre 18

Dans l'obscurité de la mine

Toujours vivants, Robin et Ariane se croient en enfer. Le feu est tellement intense que même dans la mine, il commence à faire terriblement chaud. Ça devient suffocant. Les flaques d'eau près de l'entrée se sont mises à bouillir. Prisonniers de la mine, si le vent se met à souffler dans cette direction, elle et Robin seront asphyxiés.

– Au point où nous en sommes, dit Ariane, nous n'avons pas le choix. Je pense qu'il y a une autre galerie qui mène vers la rivière. Un éboulis en a partiellement fermé l'accès. Il faut y aller. C'est notre seule chance. Apportons les quartz pour nous éclairer un peu. Ce sera mieux que rien.

Soudain, un animal s'agrippe à ses cheveux. C'est une chauve-souris, une résidante permanente de la mine. L'animal volant déploie ses ailes et tournoie autour de la tête des deux jeunes.

– Elle veut nous signifier quelque chose, en tournoyant dans ce coin, dit Robin. Je crois qu'elle nous indique où est le passage pour la galerie dont tu parlais. Suivons-la.

Ariane et Robin ramassent leurs sacs à dos et s'apprêtent à marcher vers la direction que montre l'animal. Ils jettent un coup d'œil à Cotin La Teigne. Celui-ci ne gémit plus, il pleure en silence. Il sait que sa bande et lui sont responsables de cette catastrophe. Il n'ose même plus demander l'aide des deux jeunes pour qu'ils le sortent de là.

Ariane et Robin se regardent et sans rien dire vont prêter main-forte à Cotin.

– Ce ne sera pas facile, conclut la jeune fille, mais nous allons tenter de te tirer de là. Il va falloir immobiliser ta jambe brisée. Serre les dents, je vais prendre ces deux branches et des bouts de guenilles pour te faire un attelage. Nous ne pourrons pas te transporter. Nous te traînerons, on ne peut pas faire autrement.

– Si on s'en sort vivants, souffle Cotin, je promets que je ferai tout pour que mon père
cesse de polluer la rivière avec son usine. Si
vous m'amenez avec vous, même si j'ai très
mal, je ne dirai pas un mot. Je vous le jure.

CHAPITRE 19

La traversée
de la galerie condamnée

Guidé par les chauves-souris, le trio découvre l'entrée de la galerie. Robin déplace un amas des roches effondrées et fait une percée dégageant un accès à la galerie. Les deux Terroi tirent Cotin par les bras et l'entraînent dans le sombre tunnel. Ils marchent longtemps.

Ils finissent par aboutir à une fourche. Faut-il aller à droite ou à gauche? Lequel de ces tunnels mène à la rivière et où va l'autre?

Ariane est exténuée et le dos de Cotin est couvert de blessures. Alors que chacun s'interroge quant à la bonne direction à prendre, un nuage très dense de boucane s'engouffre dans le tunnel que le trio vient tout juste de quitter. Les chauves-souris fuient la galerie envahie par la fumée et volent à toute allure vers la droite.

– Suivons-les, s'exclame Robin. La rivière est dans cette direction. J'en suis sûr! Les chauves-souris le savent.

Reprenant leur courage, ils recommencent à entraîner Cotin tant bien que mal. La fumée s'engouffre dans l'autre galerie, celle de gauche. Pour l'instant, le danger est écarté.

L'instant d'après, Robin lit l'effroi dans les yeux d'Ariane. Elle s'écrie :

– Droit devant nous, il y a le feu. L'incendie fait rage. Nous avons tourné en rond. C'est horrible.

Robin ne comprend pas. Laissant les autres là, il court vers les flammes qu'il croit distinguer. Puis, il hurle :

– Nous sommes tirés d'affaire. Viens Ariane, ce n'est pas le feu, c'est le reflet du feu sur l'eau de la rivière. Hourra !

Épuisés, les deux Terroi déploient leurs dernières énergies pour sortir Cotin du tunnel.

Les chauves-souris tournoient autour d'eux en signe de joie. Quand la nature et les humains font alliance, il y a toujours des solutions.

L'état d'urgence provoqué par l'incendie de forêt a fait en sorte que beaucoup d'animaux complètement affolés se sont réfugiés près de la rivière. Robin se saisit de troncs d'arbres

abandonnés par les castors et fabrique un radeau de fortune pour transporter Cotin vers le village.

La rivière est couverte d'huile, d'essence et de peinture en provenance de l'usine La Teigne.

– C'est dégueulasse. J'espère que ton père va comprendre qu'il empoisonne toute la région avec ses saletés et qu'il va y remédier, peste Ariane.

Cotin se fait petit sur le radeau. Il a honte de son père.

Portés par le courant, les deux Terroi et leur blessé descendent la rivière. Le géant se rend compte de leur présence et décide d'attendre pour soulever la rivière et la déverser vers la forêt.

Le cours d'eau passe près de chez Mathurin et poursuit sa course vers la rivière Saguenay. Robin, le premier, aperçoit les gyrophares des camions de secours.

– Ça y est, on est sauvés. À l'aide !

Mais le trio n'est pas encore en sécurité. Une série de grosses étincelles portées par le vent tombent sur la rivière. La peinture déversée par l'usine La Teigne, et qui flotte à la surface de l'eau, s'embrase. Une boule de feu surgit, puis c'est l'explosion.

La nappe de peinture flottante est telle que le feu se répand comme sur une traînée de poudre et court vers le radeau. À cette vitesse, les rescapés seront dévorés par les flammes dans quelques minutes. Ariane, Robin et Cotin ressentent une intense chaleur sur leur peau.

Un des secouristes arrive sur la berge au pas de course. Il lance un grappin qui s'accroche à l'embarcation de fortune. À la force de ses bras, il la tire vers la berge. Le secouriste et les deux jeunes ont tout juste le temps de traîner Cotin pour le mettre en sécurité. La nappe de peinture en feu s'agglutine autour du radeau qui brûle comme une torche et coule.

Le père de Cotin La Teigne est arrivé chez Mathurin dès qu'il a su son fils prisonnier des flammes. Il a craint pour la vie de son seul enfant. Il arrive à temps pour aider les ambulanciers à l'installer sur la civière.

– Papa, les Terroi m'ont sauvé la vie. J'étais à deux poils de brûler vif. Je leur ai promis que s'ils s'occupaient de moi, j'obtiendrais de toi que tu cesses de polluer la rivière. Tu t'en sers comme dépotoir, alors qu'elle donne à boire aux animaux et aux humains. Avec ton usine, tu les empoisonnes tous. Ça ne peut plus durer. La rivière nous a permis d'échapper à l'incendie. Nous lui devons la vie.

– Tu as raison. Je vais trouver d'autres façons de fabriquer ma peinture sans dégrader la rivière et l'air. Et je m'engage à tenir parole promet le père La Teigne.

Serrant la main de Robin et Ariane, il leur dit :

– Merci de m'avoir ramené mon fils.

Juste avant que les portes de l'ambulance se referment, un tremblement de terre soulève le fond de la rivière dont l'eau bascule en formant un mur d'eau qui s'abat en torrent sur la forêt enflammée. Le feu s'étouffe. L'incendie s'éteint. Le géant aux mille visages sauve ainsi les habitants de la forêt, insectes et animaux.

– Il n'y aura pas de festin ce soir, décrète Mathurin. Vous avez besoin de dormir. On fêtera plus tard. Maintenant que tous mes arrière-petits-enfants sont sous mon toit et en sécurité, tout va bien… enfin.

CHAPITRE 20

La forêt meurtrie

Les jeunes Terroi et Mathurin se remettent de leurs émotions. Quelques jours plus tard, avec le vieil homme, ils retournent dans la forêt dévastée.

Que reste-t-il de la forêt calcinée ? Des arbres fumants, d'autres dont les troncs ont été léchés par les flammes. Ils ont perdu de leur feuillage, mais sont entiers.

En route, Mathurin se penche pour ramasser un tas de noix rôties.

– Ce sont les noix que Robin a cueillies l'après-midi avant l'incendie ! s'écrie Éoline.

Les noix grillées sont un cadeau du géant qui, malgré la dévastation, laisse des surprises.

– Vous voyez, tout n'est pas que catastrophe. Goûtez-moi ça : un vrai délice ! s'exclame Mathurin. Vous voyez les enfants, les incendies font partie de la vie des forêts. La chaleur des incendies fait éclater des graines d'arbres qui autrement continueraient de

dormir dans la peau du géant durant de très, très longues années. Le problème, c'est que les forêts sont maintenant tellement petites et fragiles qu'elles sont beaucoup plus endommagées par les feux. On ne peut pas faire des folies avec le feu. Vous verrez l'an prochain, la vie reviendra, tout doucement, si on ne touche pas au sol. Les semences d'arbres feront en sorte que la forêt va se régénérer. Certains arbres n'ont été que léchés par les flammes. Leurs blessures sont superficielles. Celui-là, par exemple, c'est un chêne : il va tenir le coup, c'est certain. J'en ai vu d'autres plus mal en point qui ont survécu.

Il est dommage que le feu ait été provoqué par des gestes insensés, mais tout compte fait, la nature du géant se débarrasse d'insectes trop envahissants quand il y a de gros incendies. L'équilibre entre les espèces de végétaux et les insectes se refait.

Ici, après de très gros incendies, la peau du géant se couvre de bleuets. Rien n'est inutile. Les ours adorent ces fruits, les vieux comme moi et les jeunes comme vous aussi. N'est-ce pas ?

– Rien n'est inutile, dis-tu. Tu as bien raison, même Cotin La Teigne a compris que la nature apporte l'abondance. Il veut devenir membre de la «Confrérie du Pacte de l'abondance», explique Robin.

– Plus que ça, il veut se faire inviter chez toi Mathurin, pour nous saluer avant notre départ. Comme quoi, les humains changent et évoluent. Il faut quelques fois de grosses leçons, comme risquer de finir grillé dans un incendie de forêt ou se faire briser une jambe en plein bois, pour comprendre que la nature est puissante et que les humains doivent faire alliance avec elle, conclut Ariane.

– Arrière-papi, est-ce que tu acceptes de recevoir Cotin chez toi? demande Éoline. Je n'ai pas beaucoup confiance en lui, tu sais.

Mathurin réfléchit.

– Nous verrons bien ce qu'il a à nous dire. Donnons-lui la chance de s'expliquer.

CHAPITRE 21

La visite de Cotin

Cotin vient de sortir de l'hôpital. Il se déplace à l'aide de béquilles. Il a une multitude d'égratignures au dos, résultats de la sortie héroïque de la mine, le soir de l'incendie de forêt. Quand il arrive chez Mathurin, c'est l'heure du souper et les jeunes Terroi sont attablés.

– Salut Cotin. Tu as payé cher tes fanfaronnades, lance Jonas qui ne le connaît pas, sauf par le fait qu'il a tenté de leur faire peur et de les perdre dans la forêt. Qu'est-ce que tu nous veux encore ?

– Je suis venu m'excuser pour les bêtises que j'ai faites et les problèmes que je vous ai causés. Je voudrais aider Mathurin à protéger la nature, surtout la rivière. Sans elle, nous serions morts. Je voudrais être membre de la « Confrérie du Pacte de l'abondance ». Robin m'en a un peu parlé quand on s'est revus après l'incendie.

Quand vous quatre serez repartis dans vos régions, je continuerai le travail avec Mathurin au Saguenay. Je ne serai pas seul pour le faire. Mes copains sont là et ils attendent que vous leur permettiez d'entrer pour s'excuser à vous tous.

Les Terroi se regardent ne sachant que répondre. Mathurin prend la parole :

– Ariane, Robin, Jonas et Éoline, nous ne sommes pas assez nombreux pour protéger le géant aux mille visages de la destruction qui s'abat sur lui sans cesse et de toutes parts. Si d'autres jeunes veulent adhérer au « Pacte de l'abondance », s'ils comprennent que la richesse vient de la terre et qu'ils font tout pour la soutenir, il faut les accepter. Mais, ils devront faire leurs preuves. Vous êtes d'accord ?

Le clan des Terroi se rend à l'évidence. Plus il y aura de jeunes pour soutenir le géant, mieux ce sera.

– Mathurin a raison. S'ils veulent agir avec nous, qu'ils entrent, lance Robin.

Les cinq garnements de la bande à Cotin entrent timidement dans la cuisine. Ils sont mal à l'aise.

– On voulait juste vous faire peur, dit l'un d'eux, pas vous faire du mal. Quand j'ai lancé mes javelots en feu, je ne voulais pas provoquer un désastre. J'ai été stupide ! J'aurais dû réfléchir avant d'agir.

Personne ne parle. Le silence s'éternise. Puis, un homme chétif au teint verdâtre fait son entrée dans la maison.

– Mon nom est…

– Je vous connais Monsieur La Teigne, répond Mathurin. Ça fait des années que plusieurs citoyens essayent de vous faire comprendre que vous polluez notre région avec votre usine. La peinture que vous déversez dans la rivière et l'air que vous polluez vous auraient-ils rendu sourd ?

– Monsieur Mathurin, il a fallu qu'il arrive quelque chose de grave à mon fils pour déboucher mes oreilles. Je vous jure, vieil homme, que dorénavant je mettrai de l'argent et toute mon énergie à redonner aux citoyens une rivière d'eau pure. Je trouverai d'autres moyens qui ne polluent pas pour fabriquer ma peinture. Je le jure sur la tête de mon fils. Je le ferai en remerciement à Robin et Ariane pour ne pas avoir abandonné Cotin aux flammes de la forêt.

– Eh bien, soit, répond Mathurin. Je vous accepte dans la «Confrérie du Pacte de l'abondance» avec tous les Terroi et les Azélie de ce monde. Ensemble, nous sauverons la nature, nous nous entraiderons. Plus de famine, de l'eau pour tous, des forêts qui regorgent de champignons et de noix, des villes où l'air est bon à respirer.

– Quand nous aurons quitté la région, c'est toi Cotin qui veilleras à ce que la forêt et l'eau soient protégées ici au Saguenay. Si jamais tu oublies, sois certain que je me chargerai de ramener à ta mémoire la promesse que tu m'as faite dans la forêt en feu. N'oublie jamais, insiste Robin.

Le soir tombe sur cette scène de réconciliation. Tous les jeunes se serrent la main en signe d'engagement. Cotin et Robin se font une accolade chaleureuse. Oui, ensemble, et de tous les coins de ce grand pays, les jeunes défendront les droits du géant aux mille visages, les droits de la nature, par une lutte pacifiste, mais incessante vers la victoire. Leur but commun: de l'eau limpide pour chaque habitant de la Terre, de l'air pur, un sol sans pesticide ni produit toxique qui nuisent aux animaux et aux humains… et des forêts remplies de vie.

TABLE DES MATIÈRES